Arno Camenisch
bei Urs Engeler

Arno Camenisch
Die Launen des Tages

Inhalt

Am Montagmorgen

Es war ein Montagmorgen um halb acht, und ich fuhr mit der Vespa durch die Stadt, als ein Auto aus der Ausfahrt vom Parkhaus auf die Strasse einbog und mich abschoss. Ich knallte geradewegs in die Haube und flog in einem schönen Bogen über das Auto hinweg und landete hart auf der anderen Strassenseite auf dem Asphalt. Der Flug übers Auto musste ziemlich spektakulär gewesen sein, für den ich mir beste Haltungsnoten verdient hätte, und auf dem Asphalt kam noch eine Drehung hinzu, wie im Film, so dass ich auf dem Rücken zu liegen kam. Da lag ich also mitten auf der Strasse und schaute in den Himmel hoch. Am Himmel waren weisse Wolkenfetzen.

Es gibt Tage, an denen man besser nicht aufsteht. Die Woche fing ja gut an, ich hatte eindeutig eine Pechsträhne. Am Wochenende war ich umgezogen, hatte dabei den Schlüssel der neuen Wohnung verloren, das Auto des Nachbars zerkratzt, mein eigenes wurde abgeschleppt, weil ich es an der falschen Ecke geparkt hatte, und den Kühlschrank hatte ich ruiniert, weil ich das Eis mit Hammer und Schraubenzieher hatte entfernen wollen, anstatt einfach den Stecker rauszuziehen, und nachdem drei Fenster in die Brüche gegangen waren und eine Schachtel mit Weinflaschen über die Treppe hinunter gefallen, sagte sie mir zum Schluss, dass sie gehe. Ma bene, hatte ich mir gedacht und in der Nacht geträumt, dass ich fliege, und war am Morgen aufgestanden, als hätte man mich verprügelt. Ich borgte mir vom Paul die Vespa und fuhr durch die Stadt, um das in Ordnung zu bringen, was in Scherben lag, als ich im Zentrum an der Kreuzung vorbei in die Strasse eingebogen war, die zum Bahnhof runter führt und über die man etwas schneller fahren kann, und eben auf sie traf.

Das ist das Ende, dachte ich mir, als ich da auf dem Asphalt lag und in den Himmel rein schaute. Sie stieg aus dem Auto und kam zu mir rüber, hielt die Hand vor die Stirn und bückte sich über mich, ça va, sagte sie. Ja ja, sagte ich, solala. Sie hatte eine Zahnlücke wie Vanessa Paradis und trug ein weisses Rip-Shirt. Das

Leben schlägt dann zu, wenn man es am wenigsten erwartet. Mon dieu, das tut mir aber leid, sagte sie und fuhr sich mit der Hand über den Nacken. Ihr linker Arm war tätowiert, sie war umwerfend, und von Weitem hörte man ein Auto hupen. Fahren Sie immer so schnell, sagte sie, ich habe Sie nicht kommen sehen. Am Strassenrand standen Leute und schauten mit den Händen in den Hosentaschen zu, als würde hier gerade ein Film gedreht, denn unser Rencontre musste sich wie im Film angesehen haben, das war grosses Kino. Kann ich was für Sie machen, sagte sie. Legen Sie sich ein bisschen zu mir auf die Strasse, sagte ich, und wir schauen zusammen in den Himmel rein.

Wir schauten uns in die Augen, und ich dachte daran, dass auch die Liebe dann zuschlägt, wenn man es am wenigsten erwartet, wie beim Jim, der seine Rosanna in Italien an einer Tankstelle getroffen hatte, nachdem ihm der Karren geraubt worden war, und mit der er sieben Jahre durchs Land fuhr, bis sie ihn auf einem Parkplatz in Slowenien für einen Mechaniker mit viel zu langen Beinen hatte stehen lassen. Das Spannende einer Liebe ist der Anfang und das Ende, das dazwischen muss man aushalten. Die Vespa lag tot vor dem Auto. Von Weitem hörte man die Sirenen. Und wenn die Redensart zutrifft, dass die Liebe das wird, was der Anfang verspricht, waren das schöne Aussichten für einen Montagmorgen. Die Sonne kam zum Vorschein. Aber für ein nächstes Mal, dass ich auf jemanden träfe, wäre es mir ebenso recht, wenn es nicht so heftig wäre, denn wenn der Anfang so wuchtig ist, will man nicht wissen, wie das Ende wird.

In den Wolken

Ich war im Flugzeug auf dem Weg nach Reykjavík und dachte darüber nach, dass man im Flugzeug Stehplätze einführen sollte. In Flugzeugen sitzt man wie in einem Bleistift. Neben mir sass ein Texaner mit einem Cowboyhut und Pilotenbrille und zählte in einem breiten Slang alle Vorzüge auf, die Texas der Welt zu bieten hatte, ohne dass ich ihn danach gefragt hätte, so dass ich aufstand und nach hinten ging und mich hinter der letzten Reihe hinstellte, dort, wo das Personal seine Schubladen hatte und den Karren mit den Instantsuppen versteckte. Kann ich was für Sie tun, fragte mich die Stewardess. Ihre Lippen waren knietschrot, und sie war etwas ins Alter gekommen, und ich sagte, nein, es ist alles gut, aber danke. Hätte ich einen Hut angehabt, ich hätte ihn angehoben. Sie schaute mich etwas schief an und lächelte. Ich lächelte zurück. Ich stand augenscheinlich im Weg, aber in der Luft lächelt man auch dann noch, wenn man sich auf den Füssen steht.

Kann ich was für Sie tun, fragte mich auch die zweite Stewardess, die nicht weniger freundlich war als die erste, und ich bedankte mich, das sei nett gemeint, aber es sei alles im Gleichgewicht. Es gibt Menschen, die lieber stehen, dachte ich. Sind Sie sicher, fragte sie. Ein bisschen Rückenweh vielleicht, wenn Sie wollen, sagte ich, ich stehe auch in Zügen. Nur dass man im Flugzeug nicht einfach aussteigen kann, wenn es einem zu eng wird. Wollen Sie ein Glas Wasser, fragte sie. Nein danke, sagte ich und lächelte zurück. Um niemanden in Sorge zu versetzen, ist es manchmal einfacher zu flunkern, und Rückenbeschwerden lassen sich immer gut verkaufen, so erübrigen sich weitere Diskussionen, stets im Bemühen, das Leben so einfach wie möglich zu halten. Im Zweifelsfall kann noch eine weitere Beschwerde obendrauf gepackt werden, eine Zerrung im Oberschenkel vielleicht oder Probleme mit der Hüftprothese oder Kniebeschwerden. Zählte man all die Beschwerden zusammen, die man bisher auf Flügen vorgegeben hatte, um stehen zu dürfen, wäre man längst im Himmel.

Aber jedes Mal, wenn ich in ein Flugzeug steige, muss ich an den Klaus denken, der sein erstes Date mit der Florence, was auch das letzte gewesen war, in den Wolken hatte. Der arme Kerli war fast vor Angst gestorben, dabei wollte sie ihn ja nur überraschen. Dass er Flugangst hatte und ihr Vater obendrauf schlecht auf den Klaus ansprach, war Pech. Sie hatte ihn ohne Vorwarnung in einen Vierplätzer gesteckt, und ehe er sich's versah, war er in der Luft und rang mit dem Schicksal. Der Mann mit dem Knüppel neben ihm stellte sich als ihr Vater vor, ein „Enchanté" brachte er grad knapp noch über die Lippen, ehe ihr Vater wieder nach vorne schaute und vor sich hin sagte, Sie wollen also mit meiner Tochter ausgehen, dann halten Sie sich fest. In ein Flugzeug ist der Arme jedenfalls nie mehr gestiegen, und die Idee mit der Florence war auch schnell verflogen.

Wie lange wollen Sie noch da stehen, fragte mich die dritte Stewardess und schaute mir geradewegs in die Augen. So schaut eigentlich nur jemand, der eine Pistole auf dich richtet. Sie hatte Augen tief wie ein dunkler See. Darin hätte man sich für immer verlieren können. Es wird gemunkelt, Ihnen tue vielleicht der Rücken weh, und vielleicht sonst noch ein paar Beschwerden, sagte sie und hielt den Kopf schief und schaute mich von der Seite an. Ja, so was in der Art wird gemunkelt, sagte ich und war mit den Gedanken bereits ganz woanders. Sie hob die Augenbrauen an. Im Film hätte man sich genau in diesem Augenblick geküsst. Aber das kommt nur im Film vor, und zudem hätte mir der Klaus sicher davon abgeraten.

Auf dem Meer

Es war ein Sonntagnachmittag mitten im August irgendwo in Schottland weitab vom Schuss und schiffte wie selten. Wir standen seit einer Ewigkeit am Strassenrand, diskutierten und drehten dabei im Kreis, als plötzlich ein Auto neben uns hielt. In diesem gottverlassenen Kaff schickte uns jemand einen Engel mit roten Haaren, der aussah wie ein Metzger. Das musste unsere Rettung sein, dachte ich, Gott sei Dank, der Regen setzte aus, und die Sonne kam zum Vorschein. Ich bin Zahnarzt aus Manchester, rief er zum Fenster raus mit einer Heiterkeit, wie sie nur Zahnärzte an freien Tagen haben, und das, sagte er und zeigte mit dem Daumen über die Schulter nach hinten, das sind Paul und George, beides Staatsanwälte, aber aus Newcastle. Wollt ihr mitfahren? Auf dem Rücksitz sassen zwei dicke Zwillinge mit blauen Plastikbrillen. Sie winkten uns zu und lächelten. Ja, sagte sie und setzte sich nach vorne zum Zahnarzt. Festhalten, sagte er und fuhr mit einem Kavaliersstart los.

Anstatt im nächsten Ort landeten wir aber auf dem offenen Meer. Wir fahren zum Segeln, sagte der Zahnarzt auf dem Weg, ihr kommt einfach mit. Segeln ist en vogue, dachte ich. Wir bogen in die Strasse zum Meer runter, stiegen ins Boot und stachen in See. Der Wind war berauschend, das Boot zog wie ein Pfeil über den Meeresteppich, die Staatsanwälte hielten sich fest, aber weit draussen auf dem offenen Meer schlug das Wetter um: Dicke Wolken zogen auf, der Wind setzte aus, und ein heftiger Regen setzte ein. Das war eine Vollbremsung bei voller Fahrt. Oha, sagte der Zahnarzt und schaute zum Himmel, das Wetter ist heute hinterhältig. Aber ich liebe dieses Wetter, sagte er und holte die Fischerrute hervor und warf sie aus. Er hatte Hände flink wie ein Dieb und schielte. Die Staatsanwälte sassen auf dem Bootsrand und assen Sandwichs. Sie glichen mit ihren roten Backen dem britischen Premierminister.

Ja, ja, sagte der Zahnarzt und fuhr sich mit der Zunge über die Oberlippe, der Fisch beisst dann an, wenn man es am wenigsten erwartet, er kurbelte an seiner Fischerrute, das ist wie mit der Liebe auch, die überfällt einen ohne Ankündigung. Er schaute übers Meer zum Horizont, und ich dachte darüber nach, dass wir hier nicht mehr wegkommen würden, das war der Nullpunkt, weiter ging's nicht. Wie genau wir in diese Lage geraten waren, blieb mir schleierhaft. Eigentlich wollten wir ja woandershin. Wenn die Sonne weg ist und der Wind aussetzt, steigt man besser aus, aber immer ist das nicht so einfach. Wenigstens hatten wir die zwei Ministranten mit den komischen Brillen dabei, die vor dem jüngsten Gericht bezeugen konnten, dass wir auch unsere letzte Stunde mit Würde getragen hatten. Nur zu gerne hätte ich ein Zigarettli geraucht, aber bei diesem Regen keine Chance.

Doch irgendwann kommt immer der Wind, so auch in jener Nacht. Ich habe sie seitdem nur noch ein einziges Mal wiedergesehen, einige Jahre später vor dem Hauptbahnhof in Zürich. Ich stand unter einem Vordach, rauchte und schaute in den Regen hinaus, als sie zufällig vorüberging Hand in Hand mit dem Zahnarzt aus Manchester. Hm, dachte ich mir und schaute ihnen nach, wie sie über die Brücke gingen, am Ende ist alles immer ein wenig anders, als man meinte. Aber wenigstens war die Odyssee im Regen auf dem offenen Meer doch nicht ganz vergebens gewesen.

In Paris

Sie hiess Valérie, trug den Frühling im Blick und war flüchtig wie der Wind, getroffen hatte ich sie in einem Laden in einer Seitengasse irgendwo in Paris in der Nähe vom Jardin de Luxembourg, wo sie mir auf den Fuss gestanden war, als ich Olivenöl kaufen wollte. Sie sagte Pardon und ich sagte de rien, und wenn man sich auf die Füsse steht, ist man einander immer bereits etwas näher, als man meint. So fing die Geschichte an, und enden sollte sie ein paar Wochen später unweit der Seitengasse, wo wir uns getroffen hatten.

Inzwischen war nicht mehr Frühling, sondern Herbst, und als ich am Morgen aufwachte, war sie bereits weg. Der Schlüssel lag auf dem Küchentisch und daneben eine Bleistiftnotiz, und ich machte mir einen Kaffee, rauchte eine Parisienne am Fenster ihrer Dachwohnung und schaute über die Dächer, es hatte abgekühlt in der Nacht, die Sonne schien, und aus den Kaminen stieg weiss der Rauch wie beim Papst, wenn er frisch gewählt ist, und ich nahm die

Bleistiftnotiz in die Hand, in der sie mich nach einem leichten Schwenker vor die Türe stellte. Das kam mir nicht ungelegen. Ich trank den Kaffee aus, packte meine drei Sachen ein, nahm den Hausschlüssel vom Küchentisch und verliess die Wohnung. Nur, dass ich die Türe nicht zubekam. Hm, dachte ich mir und versuchte es nochmals, aber die Türe passte einfach nicht mehr in den Türrahmen.

Ich staunte etwas, die Türe war wie ausgetauscht. Paris ist ja nicht dafür bekannt, dass sie dort gute Türen haben, aber dass eine Türe plötzlich nicht mehr in den Rahmen passt, und das ausgerechnet in dem Moment, in dem man einen Abgang macht, war schon sehr seltsam. Dabei hätte alles so einfach sein können, ich hätte die Wohnung verlassen und den Hausschlüssel in den Briefkasten geworfen, wie wir ausgemacht hatten, und basta. Aber als wollte diese Geschichte nicht enden, stand ich auf der Türschwelle und versuchte, die Türe hinter mir zuzumachen. Nix, die Türe liess sich nicht schliessen, nicht mal mit Kraft bekam ich sie zu, und einen Werkzeugkasten, um das Malheur zu beheben, suchte ich vergeblich in ihrer Wohnung. Die Pariser Frauen, die einen Werkzeugkasten haben, sind vermutlich in der Unterzahl. Sie hatte jedenfalls keinen. Mais bon, dachte ich und machte zwei Schritte zurück, die Türe offen lassen konnte ich ja auch nicht, das ging irgendwie nicht, und wenn die Frau Hauswart mit dem schweren Gewehr mich erwischt hätte, wie ich an Valéries Türe hantierte, hätte sie mich abgeknallt wie einen alten Hasen.

Aber immer hat man nicht die Wahl, so liess ich die Türe halt offen und ging, als wäre diese Liebesgeschichte noch nicht ganz abgeschlossen. Vielleicht ist es ja auch nur eine Illusion, dass eine histoire d'amour je ganz fertig ist. Ich setzte mich ins Café gegenüber vom Café „Les fous d'en face" und trank einen Espresso. An der Hausfassade auf der anderen Strassenseite war mit Rot „rêve générale" gesprayt, und am Himmel hingen weisse Wolkenfetzen, und als ich später durch die Strassen schlenderte, dachte ich darüber nach, dass man Paris zu jeder Jahreszeit besuchen sollte, und dass Paris et l'amour immer etwas komplizierter ist, als man vielleicht meint. Naja, Rosen sind keine Tulpen, und als ich vor dem Gare de Lyon einer Frau versehentlich auf den Fuss stand, kam mir das vor wie ein Déjà-vu, und ich sagte Pardon und sie de rien und lächelte.

In der Metro

Es war ein wunderschöner Herbsttag, ich war verabredet und sass in der Metro in Madrid fest. Seit einer Ewigkeit steckte die Metro im Tunnel, ein technischer Defekt, wie die Stimme über die Lautsprecheranlage sagte, auf dem Handy hatte ich keinen Empfang, und neben mir sass eine ältere Dame, chic gekleidet, und fragte mich, ob ich verheiratet sei. Nein, sagte ich und lächelte etwas, der Hut stand ihr gut, und der Mantel war grün. Sind Sie denn liiert, fragte sie, und ich sagte, Nein, und schaute das junge Paar an, das uns gegenübersass und ganz versunken war. Haben Sie denn eine Katze, fragte die ältere Dame. Nein, sagte ich und lächelte. Sie schaute mich von der Seite an, eine Katze sollte ein Mann nie haben, sagte sie, sonst bleibt er auf der Strecke, Katzen schrecken Frauen ab. Hm, sagte ich und schaute auf die Uhr, würde die Metro nicht gleich losfahren, würde ich meine Verabredung verpassen.

Frische Blumen stehen bei Ihnen hoffentlich auch nicht herum, sagte sie und warf mir einen prüfenden Blick zu. Nein, nein, keine Blumen, sagte ich und hob die Hände, nichts lag mir ferner als frische Blumen in der Wohnung aufzustellen. Sie nickte und drückte die Lippen aufeinander, hängen denn Fotos bei Ihnen zu Hause? Ich schüttelte den Kopf, auch nicht, sagte ich, da hängen keine Fotos. Sie stützte die Hände auf ihren Gehstock, und ich wurde den Verdacht nicht los, dass sie mir etwas unter die Arme greifen wollte. Wissen Sie, junger Mann, sagte sie und beugte sich ein wenig zu mir, als würde sie mir gleich ein grosses Geheimnis verraten, da gibt es ein paar Sachen, die man wissen sollte. Hm, sagte ich und beugte mich zu ihr. Schauen Sie das Paar dort, wie die sich herausgeputzt haben, das geht nicht, bei einem Date sollte man sich nicht schön machen, das ist keine Werbeveranstaltung für Waschpulver, sie nickte, immer schön im Understatement bleiben, das zieht. Hm, sagte ich und nickte, da hatte die gute Grossmutter sicherlich recht.

Ich schaute nochmals auf die Uhr und atmete tief durch, meine Verabredung war inzwischen wohl wieder auf dem Heimweg. Und holen

Sie eine Frau nie bei einem Date zu Hause ab, sagte sie und schaute mich an, das ist ein Kapitalfehler, sonst können Sie gleich wieder einpacken, sie hielt die Hand vor den Mund, und keine teuren Restaurants und dergleichen, sonst kommen Sie nicht in den Himmel, so ging das weiter, sie steigerte sich rein und zählte mir eine Liste lang wie eine Autobahn auf, was man alles nicht machen sollte, während ich meiner Verabredung nachhing, die vermutlich längst wieder daheim war und mich zum Teufel wünschte, und nachdem mir die freundliche Dame sämtliche Todsünden aufgesagt hatte, schloss sie ihr Exposé mit einem Lächeln und der Bemerkung, aber was soll's, am Ende landen wir sowieso alle in der Hölle, und ich dachte an die Ausstellung „Decision" von Carsten Höller, die ich in London gesehen und die ich mit dem Gefühl verlassen hatte, dass es so oder so aufs Gleiche rauskommt, egal, welchen Weg wir nehmen. Am Ende sehen wir uns alle wieder, wenn nicht gerade in der Hölle, wie sie meinte, so wenigstens im Fegefeuer. Die alte Dame hatte inzwischen ein Säckchen aus ihrer Handtasche gepackt und ass Nüsse, und das Paar uns gegenüber küsste sich. Und erst als ich wieder aufschaute, sah ich, dass sie im anderen Wagon der Metro sass. Vielleicht war ja doch noch nicht alles verloren.

An der Tankstelle

Wenn wir wüssten, wie schnell wir tot sind, sagte der Tankstellenwart an der Tankstelle dreissig Kilometer vor Torino und füllte Benzin nach, im Mund hatte er eine Zigarette, da rasen sie über die Autobahnen wie Raketen, als hätten sie Feuerantrieb und als gäbe es kein Morgen, nicht zu erstaunen, dass es hin und wieder einen überschlägt, wenn der erste vorne auf die Klötze geht, legt es die anderen hinten zusammen wie eine Handorgel, er nahm seine Zigarette zwischen die Finger, mir ist einer mal in den Kofferraum gestiegen, das ist dann nicht lustig, wenn einer dich so von hinten nimmt, der sass am Handy und schrieb vermutlich gerade seiner Liebsten, dass er auf dem Heimweg noch eine Büchse Tomaten und Blumen hole, si, si, ein Wimpernschlag genügt, aber es sitzen ja alle am Handy im Auto, und dann staunen sie, dass sie den anderen in die Hinterteile fahren, und die Carabinieri haben nichts gesehen, weil auch sie an den Apparaten sitzen und den Amori Liebschaften schicken, so schiessen sie einander ab, und jeder zweite verabschiedet sich in die Ewigkeit.

Ich stand da und schaute ihm zu, wie er Benzin nachfüllte mit der Zigarette zwischen den Lippen, und dachte darüber nach, dass der Tod dann zuschlägt, wenn man es am wenigsten erwartet. Auf der Anzeige der Tanksäule gingen die Zahlen durch, als würden nochmals alle Tage nachgezählt, die man auf Erden verbracht hat, bis zum jüngsten Tag. Ich war an diesem Nachmittag in Biel losgefahren, an Lausanne und Montreux vorbei, in Martigny rechts rauf in Richtung Grand Saint Bernard und durch den Tunnel, der mich jedes Mal an die Vorhölle erinnert, übers Aostatal runter und auf die Autobahn nach Torino eingebogen. Es hatte wenig Verkehr, was mich erstaunte, ich hatte mit Stau gerechnet, am nächsten Tag war Auffahrt, aber in Italien feiert nur das Radio Maria Auffahrt. Auf der langen Geraden, die sich durch die Ebene nach Torino hinstreckt, leuchtete das Benzinlämpchen auf, was nicht weiter tragisch war, und dann auch das Öllämpchen, was mich eher beunruhigte, und ich befürchtete bereits, es würde mir den Karren in die Luft jagen, als irgendwann dann doch eine Tankstelle am Horizont auftauchte und ich mich gerettet sah. Ich trank einen

Espresso an der Autogrill-Bar, die Bedienung war freundlich und hatte schlechte Zähne, und ich zahlte, rauchte eine Zigarette in der Abendsonne und fuhr meinen Wagen an die Tanksäule, wo der Tankwart mit einer blauen Latzhose und einer Pilotenbrille aus seinem Häuschen kam. Salve, sagte er mit einem Lächeln, als hätte er mich bereits erwartet, schraubte den Tankdeckel auf und füllte Benzin nach. Dass er eine brennende Zigarette im Mund hatte, sah ich erst, als ich ausstieg.

Si, si, die Strasse, ein russisches Roulette ist das, sagte er und schaute über das Autodach hinweg, aber heute Abend ist der grosse Showdown, er hob die Augenbrauen an, die Juve tritt gegen das Weisse Ballett an, das ist filigran und unberechenbar wie der Wind, um die zu bremsen braucht es einen Buffon in Hochform, und vorne muss es krachen, da braucht es ein Feuerwerk, die Asche seiner Zigarette fiel auf den Boden, stimmt, bald schon würde das Champions-League-Spiel angepfiffen werden, das wollte ich eigentlich nicht verpassen, zumal ich in Torino sein würde und der Abend bei einer Vittoria heiter zu werden versprach.

Mal sehen, was der Herrgott für uns vorgesehen hat, sagte er und schaute mich an, heute geht es jedenfalls um alles, wenn die Juve gewinnt und in den Final einzieht, und dieses auch noch gewinnt, macht sie sich unsterblich, aber dafür wird uns Prometheus beistehen müssen. Wer weiss, sagte er, wenn's knallt, sind wir im Himmel. Das sah ich auch so.

In der Nacht

Es war mein Geburtstag, Mitternacht war vorbei, und wir waren auf dem Weg nach Hause, als der Karren am Stadtrand ablag. Oha, dachte ich mir, als der Wagen zu stottern begann, sie schaute mich fragend an, der Gaul hat Durst, sagte ich und schaute auf die Benzinanzeige. Wir standen mitten auf der Strasse, es war eine kalte, sternenklare Nacht. Gut hatte ich die langen Unterhosen angezogen, lange Unterhosen sind wie eine warme Umarmung. So stiegen wir halt aus und schoben den Wagen auf die Seite. Bis dahin war es ein schöner Abend gewesen, und nun das.

Eigentlich waren wir zu anderem auf in der Geburtstagsnacht, aber man nimmt halt das, was einem zufällt, das sollte uns nicht die Laune verderben. Gut gelaunt war auch der Taxifahrer, den wir riefen und der uns zu einer Tankstelle fahren sollte, um Benzin zu holen. Er begrüsste uns, wie sich eigentlich nur alte Boccia-Freunde begrüssen, wenn sie gerade die Osterbeichte hinter sich haben, zwar hatten wir eine halbe Ewigkeit in der Kälte warten müssen, bis er endlich aufgetaucht war, aber auf den Jorge ist Verlass, rief er uns zum Fenster raus und öffnete die Beifahrertüre. Wir liessen den alten, schönen Karren am Strassenrand stehen und stiegen ein. Der Taxifahrer begann umgehend, Geschichten zu erzählen, von traurigen Polizistinnen und fröhlichen Zöllnern, er leuchtete dabei, und es kam mir vor wie eine Revue, eine Art Performance, als könnte man ihn auch für Festanlässe buchen. Vielleicht hatte er sich im Beruf verwählt. Nach den ersten Pointen, die durchaus beachtlich waren, ging es über zu den Zaubertricks. Ich wartete gespannt auf den Hasen, den er irgendwann aus dem Handschuhfach zaubern würde, und dachte an den Taxifahrer, der mich in Madrid vom Zentrum zum Flughafen gefahren hatte und der auf der Autobahn Münzen verschwinden liess und sie wieder aus den Ohren holte.

Bei der Tankstelle angekommen, bat er uns ins Hinterzimmer, wo er eine Flasche aus dem Schrank hervorholte und drei kleine Gläser, einschenkte und das Glas hob. Auf uns, sagte er und lächelte, und wir stiessen an. Die Welt der Taxifahrer ist eine Welt für sich. Ich dachte an den Taxifahrer, den ich in New York angetroffen hatte, ein alter Inder mit weissen Haaren, der auf der Autobahn bei voller Fahrt vom Flughafen ins Zentrum auf der Überholspur sein Abendessen, Reis mit Curry, gegessen hatte, oder an den Taxifahrer in Dublin, der aussah wie Billy Gibbons von den ZZ Top, und der zwar die ganze Fahrt über nichts gesagt hatte, dafür aber gefahren war wie ein Verrückter, oder an den Taxifahrer in Neapel, der nur auf einem Auge sah und der, wo der Rückspiegel hätte sein sollen, einen kleinen Farbfernseher montiert hatte und sich während der Fahrt das Fussballspiel zwischen Italien und Spanien angeschaut hatte.

Der Taxifahrer versorgte die Schnapsflasche im Schrank und holte eine leere PET-Flasche unter dem Tisch hervor und füllte diese an der Zapfsäule mit Benzin. Auf der Rückfahrt nahm er einen Schleichweg, und ich dachte an den Taxifahrer in Rom, der mich durch die halbe Stadt gefahren hatte, bis er eingestand, dass er auch nicht genau wisse, wo es durchgehe. Zurück beim Auto gaben wir ihm noch ein schönes Hutgeld, und er bedankte sich mit dem Lächeln eines Zirkusdirektors und wendete seinen Wagen wie in der Manege und fuhr davon. Dass man aber die Klappe vom Benzintank mit einem Bleistift aufhalten musste, um das Benzin aus der Petflasche überhaupt in den Tank schütten zu können, konnten wir nicht wissen, so dass wir zwar um eine schöne Begegnung reicher waren, dafür aber immer noch gleich weit wie zuvor.

In Hongkong

Dio mio, dachte ich mir und hielt mich fest. Ich war in Hongkong im Bus auf dem Weg in die Stadt. Der Bus jagte über die Strassen mit den vielen Spuren, als hätten wir Kerosin getankt. Ich staunte, was dieser schlotterige Bus noch hergab, der Motor brüllte wie eine Horde Löwen. Selten, dass ich einen Busfahrer erlebt hatte, der so schnell unterwegs war. Am Steuer sass ein alter Mann mit einer Baseballmütze und einer dicken Brille und fuhr, als ginge es um Leben und Tod. Die letzte Stunde war angebrochen, und ich dachte an die Frau Muoth aus meiner Kindheit, die eine Brille hatte wie ein Kiosk und in ihrem VW-Käfer wie eine Granate durchs Dorf schoss bis zum jüngsten Tag. Der Chauffeur griff sich an die Mütze, am Steuer kam der Tiger in ihm zum Vorschein. Er fuhr die Kurven, dass die Reifen quietschten, schaltete, drückte wieder aufs Gas und bremste hart, beschleunigte wieder und schraubte an seinem viel zu grossen Steuerrad, das aussah wie das Steuer von einem Piratenschiff, und legte sich in die nächste Kurve. Er fuhr, als sei er auf Koks.

Ich war am Nachmittag nach dem langen Flug ziemlich gerädert und mit einem heftigen Jetlag gelandet und war froh, wieder festen Boden unter den Füssen zu haben. Das Fliegen gehört nicht zu meinen grössten Freuden auf Erden. Umso weniger, wenn der Flug sich um die halbe Erdkugel erstreckt. Aber irgendwann kommt man immer an. Ich war mit dem Zug zum Busbahnhof gefahren, wo ich auf den Bus umgestiegen war. Die Zugfahrt hatte am Prunkstück von Hongkong vorbeigeführt, dem imposanten Hafen, wo die Kräne riesigen Stühlen gleichen. Stuhl an Stuhl gereiht, als stünden sie bereit für die Grossen dieser Welt, die hinter den Hügeln warten, und in der Dämmerung, wenn die Touristen durch die belebten Strassen schlendern, geblendet von den Leuchtreklamen, hinter den Hügeln hervorkommen, sich auf die Stühle setzen und über den Meeresteppich schauen und sich dabei hin und wieder ansehen und die Augenbrauen anheben.

Im Busbahnhof angekommen, kam ich mir vor wie auf einem Fischmarkt. Die Busse standen wie Sardinenschachteln, keine Ahnung, welcher dieser vielen Busse meiner war. Ich stellte meinen alten Koffer ab und sprach einen älteren Herrn mit einer Baseballmütze und einer dicken Brille an, der mich freundlich anlächelte, und streckte ihm meinen Stadtplan hin, den er zuerst verkehrt rum hielt, aber auch dann nicht lesen konnte, als er ihn richtig hielt. Er stellte sich vor einen der Busse und hielt den Stadtplan ins Scheinwerferlicht, schüttelte aber wieder den Kopf und gab mir den Stadtplan zurück. Er hob die Schultern, offensichtlich sah er nicht mehr gut. Ich bedankte mich mit einem Nicken, packte meinen Koffer und ging weiter.

Nachdem ich mich durch den halben Busbahnhof gefragt hatte, fand ich dann doch noch zu meinem Bus. Ich stieg ein und liess mich in den Sitz fallen und bemerkte erst, als der Bus mit viel Schub in die Strassen einbog, dass der alte Mann mit der Baseballmütze und der dicken Brille am Steuer sass. Du meine Güte, das wird ja lustig, dachte ich und hielt mich fest, gerade auf den Strassen von Hongkong wollte ich nicht enden. Aber um auszusteigen, war es jetzt zu spät. Dabei hatte man noch so vieles vor im Leben. Der Bus schoss wie eine Rakete in der Dämmerung über die Strassen, und ich dachte an den Bruader Claus mit dem schweren Motorrad, der mit der schönen Mei aus China durchbrannte und ins Verderben fuhr, während hinter den Scheiben Hongkong wie ein wilder Drache seine tausend Köpfe in den Himmel streckte.

Am Kiosk

Ja, ja, sagte die junge Frau vom Kiosk und schaute mir geradewegs in die Augen, es ist doch immer die gleiche Geschichte. Ein Mann trifft eine Frau, und das in verschiedenen Varianten. Oder, sagte sie und zündete sich eine Zigarette an, blies den Rauch aus und fuhr dann fort, dazu kommen noch ein paar Details, mal abends, mal morgens, so ein grosser Unterschied ist das nicht, und nach dem ersten Kuss und dem grossen Hoch am Anfang und ein paar tollen Orgasmen schleicht sich der Alltag ein und alles flaut etwas ab, ich halte deine Handbremse und du meine, sie hängt nur noch in Trainerhosen herum, und er lässt sich einen Schnurrbart wachsen, und so geht das allmählich in Scherben, bis es einem der beiden den Deckel lupft und ein erstes Mal Schluss ist. Aber man landet wieder zusammen im Bett, was folgt ist ein Comeback-Versuch, man ist wieder in der Komfortzone, aber schon regen einen die kleinen Dinge wieder auf, obwohl sich beide doch so Mühe geben, so dass man sich irgendwann wieder auf die Nerven geht und es zum endgültigen Bruch kommt, was einen heftigen Liebeskummer nach sich zieht. Aber non si muore per amore, singt Battisti, so dass man halt wieder aufsteht und, nachdem man eine Zeitlang vor sich hingelebt und in den Gärten gegrast hat, mal hier, mal da, wieder auf jemanden trifft und alles von vorne losgeht. So werden wir älter und sterben, sagte sie und schaute mich an.

Hm, dachte ich mir, eigentlich wollte ich nur Zigaretten kaufen. Es war noch recht früh am Morgen, und sie erinnerte mich an Hope Davis im Film „American Splendor", die Freundin von Harvey Pekar, der von meinem Lieblingsschauspieler Paul Giamatti gespielt wird. Von den Bäumen zwitscherten die Vögel, wir standen bis zur Hüfte im Frühling, und ich wusste gerade nicht was sagen, so dass ich die Zigaretten bezahlte und ging. Als ich ein paar Tage später wieder am Kiosk stand, sagte sie, aber beim nächsten Mal sind wir vorsichtiger, denn man will ja nicht wieder auf die Nase fallen, und so einen Liebeskummer will man nicht nochmals durchstehen müssen, so dass man zwar schneller als beim letzten Mal im Bett landet, aber doch zögert, sich reinzugeben, es könnte einem ja den Ärmel reinnehmen, lieber noch etwas abwarten und herausfinden, ob man wirklich zusammenpasst, nicht, dass man nach drei Jahren wieder mit nichts dasteht, wäre ja schade um die Schönheit, nicht? Aber man landet wieder im Strassengraben, der Aufprall ist gleich hart wie beim ersten Mal, aber ein weiteres Mal sollte es einen nicht überschlagen, so dass man lieber über die Web-Portale sucht, wo die Wahrscheinlichkeit auf den grossen Fang nach Parametern berechnet und demnach am höchsten ist. Denn dem Zufall will man künftig nichts mehr überlassen. Glauben Sie mir, das ist wie mit den Lotterien, sagte sie und nahm ein Los in die Hand, die Leute kaufen nur die Sehnsucht, da ist selten was drin.

Hm, dachte ich mir, die Brille stand ihr irgendwie gut, so eine hatte auch die schüchterne Adrian aus dem Film „Rocky“, die mit dem Vogel. Aber was für ein Vogel das genau war, wollte mir nicht mehr in den Sinn kommen, vielleicht war es auch eine Schildkröte, so dass ich halt bezahlte und ging. Die Bäume blühten, der Frühling war mild. Sie wieder, sagte sie, als ich ein paar Tage später wieder beim Kiosk vorbeikam. Sie trug die Haare dieses Mal offen, und ich war drauf und dran, sie zu fragen, ob sie mit mir auf einen Kaffee komme, aber kaufte anstatt eine „Win for Life“, was mir zwar nicht den grossen Jackpot einbrachte, sondern lediglich 10 Franken, aber immerhin.

Im freien Fall

Ich war hoch oben in den Wolken in einem Kleinflugzeug, das keine Türe hatte, und schaute etwas erstaunt in die Tiefe. Neben mir auf dem Flugzeugboden sass ein Mann mit einem Kinn wie eine Schublade und ass eine Banane. Auf den Rücken hatte er einen Fallschirm gebunden, und in wenigen Augenblicken würde ich zusammen mit diesem Kerl zur Luke rausspringen. Madre mia, unter uns lag Australien ausgebreitet wie ein Pfannkuchen. Sollte ich das hier überstehen, würde ich mich pensionieren lassen, zu viel Aufregung ist nicht gut fürs Herz. Ich schaute nach vorne zu den zwei dicken Piloten mit den Sonnenbrillen und kubanischen Hüten, die einander Witze erzählten, als stünden sie an der Pferderennbahn.

Auf diese Schnapsidee war die Anna gekommen, die ein Gemüt wie ein wildes Pferd hatte, als wir in der Nacht durch die Bars gezogen waren. Ich hatte sie in der Mittelschule beim Rettungsschwimmer-Brevet aus dem Wasser ziehen dürfen, so hatte die Geschichte angefangen und sich irgendwann auch wieder verloren, nachdem das Pulver verschossen war, und nun, ein halbes Leben später, sass sie wie aus dem Nichts auf einer Bank vor meinem Hotel und begrüsste mich mit einem Lächeln. Unberechenbar war sie schon immer gewesen. Wir gingen aus und stürzten ab, und als ich am nächsten Morgen aufwachte, dachte ich an die Marina, die über uns wohnte und immer sagte, tiene la testa sulle spalle, behalte den Kopf auf den Schultern. Damals wäre ich für die Anna zu Fuss von Tavanasa ins Tessin gelaufen. Aber was von diesem Comeback in Down Under zu halten war, war noch unentschieden, dafür war es zu früh am Morgen. Frank Sinatra jedenfalls hielt nichts von Wiederholungen, sagte Nonno Truman jeweils, er war ein Fan vom ersten Take. Im Aufnahmestudio spielte er ein Lied immer nur ein Mal ein. Einen zweiten Take gab es nicht, denn die Magie vom ersten Take lässt sich nicht wieder herstellen. Eigentlich hat man immer nur eine Chance.

Noch zwei Minuten, sagte der Mann und schnürte seinen Fallschirm fest, der auch meiner war. Holy shit, dachte ich und strich mit der Hand über den Nacken. Die Anna war bereits unterwegs in den Wolken, und so richtig bewusst wurde mir das Ausmass dieser Story erst, als sie zur Luke raus verschwunden und in den Himmel reingefallen war. Es war mir, als hätte ich eine Bratpfanne an den Kopf bekommen. Manchmal staunt man etwas, zu was man sich im Rausch verleiten lässt. Ich konnte mich nicht an viele Momente im Leben erinnern, in denen ich mir sehnlicher ein Haus auf dem Land und ein friedliches Leben mit zwei Kühen, drei Schafen und vier Pferden gewünscht hätte.

Ten seconds, sagte der dickere der zwei Piloten und drehte dabei den Kopf nach hinten, sozusagen it's your turn. Und wie in den wichtigen Momenten im Leben kam mir auch jetzt meine Grossmutter in den Sinn, wie die Muttergottes sah ich sie vor mir, mit Heiligenschein, die mir mal in einer ernsten Stunde gesagt hatte, Junge, Mut wird man nie bereuen. Solche Sätze kamen einem anmassend absurd vor in dieser Höhe Vielleicht hatten die nur mit festem Boden unter den Füssen Bestand, wer weiss das schon so genau, für Stossgebete blieb jedenfalls keine Zeit mehr, auf drei, sagte der Mann, der wie ein böses Laster an mir festgemacht war, hielt sich am Rand fest und beugte den Oberkörper nach hinten, um Schwung zu holen, das hier war nicht mehr verhandelbar, also einfach Augen zu und durch.

Auf der Insel

Ob sie einen Fernseher habe, fragte ich die Frau an der Bar. Sie drehte sich zu mir und schaute mich etwas erstaunt an. Das hat mich ein Mann jetzt noch nie gefragt, sagte sie, aber ist mir lieber als irgendeine Leier, die man bereits tausendmal gehört hat. Sie strich sich durch die Haare, Sie können sich gar nicht vorstellen, was für platte Anmachen man sich anhören muss, und wenn's blöd kommt, packen sie noch ihre Medaillen auf dem Tisch aus und zählen einem auf, was sie alles können. Das Radio auf der Ablage hinter der Bar spielte irgendwelche Liebeslieder. Ein Desaster, sagte sie und schüttelte den Kopf. Da hatte sie sicherlich recht, wer landen will, schweigt lieber, das sagte bereits die Tante Tresa vom Dorfladen, aber offensichtlich hatte sie meine Frage nach dem Fernseher nicht so verstanden, wie ich sie gemeint hatte. Ihr Fernseher war wirklich das einzige, was mich in diesem Augenblick interessierte. Ich hatte den halben Tag damit zugebracht, einen Fernseher zu finden, aber vergebens. Noch blieb mir eine knappe Stunde Zeit, sonst würde ich den Final der Fussballweltmeisterschaft verpassen.

Damit war nun wirklich nicht zu rechnen gewesen. Ich war irgendwo auf den Galapagosinseln, und hier zählten scheinbar nur die schönen Landschaften und die seltenen Tiere, und davon hatte ich die letzten Tage genug gesehen, von Pinguinen, Schildkröten und Leguanen über Kakteen und Kratern in allen Grössen und Farben, aber jetzt wollte ich mir den WM-Final anschauen, mit einem Bier und mucha emoción. Frida, wie sie hiess, die ursprünglich aus Schweden war, was niemand bezweifelte – eine gewisse Ähnlichkeit mit Agnetha von den ABBA war nicht zu verleugnen –, und die seit einem halben Jahr hier auf den Inseln an der Darwin Station die Evolution erforschte, bestellte uns einen Martini, und ich dachte daran, dass man ja nicht wissen kann, dass es auf den Galapagos keine Fernseher gibt. So was steht nicht in den Reisebüchern, dort finden sich seitenlange Listen über Blätter, Bäume und Buchten, aber die praktischen Dinge des Lebens, die erfährt man erst in der freien Wildbahn.

Der Trick mit dem Fernseher, der zieht sicher hin und wieder, sagte sie und bestellte nochmals zwei Martini. Sie war durchaus charmant, und ich dachte an Lonesome George, die Riesenschildkröte, der hundert Jahre alt geworden war und für den man über Jahrzehnte hinweg nach einem Weibchen gesucht hatte, bis man sich eingestehen musste, dass da keines mehr war. George war der letzte seiner Art, was aber nicht heissen muss, dass man einsam ist. Einsam ist man vielleicht erst, wenn man weiss, dass da noch jemand wäre. Das ist wie bei den Menschen auch. Einen unzufriedenen Eindruck hatte George jedenfalls nicht auf mich gemacht, als ich ihn tags zuvor gesehen hatte.

An der Decke drehte ein Propeller. Hm, dachte ich und schaute auf die Uhr über der Bar, inzwischen war das Spiel angepfiffen worden. Auf den nächsten WM-Final würde ich vier lange Jahre warten müssen, aber ein zweites Mal würde mir dieses Malheur nicht passieren. Und nachdem wir auch den zweiten Martini getrunken hatten, sagte sie, man könne sonst noch auf einen Schlummertrunk zu ihr auf die Veranda. Sie schaute mich an, und ich sagte, warum nicht, denn einen letzten Funken Hoffnung hatte ich noch, dass in ihrer Stube doch noch ein Fernseher stehen würde, das hatte sie mir nämlich noch nicht verraten. Und so würde ich mir mit etwas Glück vielleicht wenigstens die zweite Halbzeit anschauen können.

An der Gala

Es war September, ich befand mich irgendwo im Zentrum von Göteborg unter einem Vordach. Es schüttete wie aus Eimern, als wäre der Himmel auseinandergebrochen. Schweden bei Regen ist schön. Ich war auf einem Festival, und es war der letzte Abend, der mit einem pompösen Fest im Palast enden sollte. Ich war der Einladung entsprechend elegant gekleidet, das passiert einem nicht alle Tage, drückte die Zigarette aus und ging durch das grosse Tor, das aussah wie der Eingang zum Himmel, deponierte Hut und Mantel und stellte mich hinten in der Schlange an, die sich durch die ganze Eingangshalle streckte. Ich kam mir vor wie in London, wenn man ansteht, um in den Bus einzusteigen. Das Fest würde im ersten Stock im grossen Ballsaal stattfinden, zu dem man über die imposante Marmortreppe gelangte. Die Etikette besagte, dass die Stadtoberen, drei Frauen in schönen langen Roben, in der Mitte der grossen Marmortreppe standen, wo jeder Gast vorbeikam und die Hand schüttelte, grüsste, lächelte, ein paar nette Worte wechselte und den Ring küsste. Das war das Ticket zur Gala.

Über den roten Teppich die Treppe hoch gelangte man also zu den exquisiteren Kreisen, hier oben traf sich die Crème, und ein Mal im Jahr hatten hier auch die Poeten Zugang. Als Student war ich bereits mal in Göteborg gewesen, jedoch in weniger festlichem Kontext. Ich war mit dem Otto im Auto hoch nach Oslo gefahren, und da wir knapp bei Kasse waren, hatten wir auf einem Rasenstreifen irgendwo am Stadtrand von Göteborg geschlafen. Unter dem Sternenhimmel schläft es sich gut, ich hatte geschlafen wie der schwedische König. Dass wir auf einem Rasenstreifen mitten auf einem riesigen Parkplatz vor dem Ikea geschlafen hatten, bemerkten wir aber erst am nächsten Tag, als die schöne Polizistin in kurzen Hosen uns geweckt hatte. Ich lag in meinem orangen Schlafsack, und aus der Froschperspektive sah sie noch hübscher aus, als sie bereits war. Bemerkenswert war das kleine Muttermal unter dem rechten Auge. Sie duldete dennoch keine Widerrede. In Schweden vor dem Ikea zu schlafen, kam einer Majestätsbeleidigung gleich. Dementsprechend streng war auch die Verwarnung.

Ich stand also ein gutes Dutzend Jahre später in Göteborg im Palast in der Warteschleife auf dem Weg nach oben und schmunzelte und dachte an die schöne Geschichte, als man noch grün war und Hochwasserhosen trug. Es ging behutsam vorwärts, der Adel hat es nicht eilig, und als ich die Marmortreppe Tritt für Tritt hochstieg und endlich in der Mitte ankam, wo die Ehrendamen mit Medaillen behangen wie Engel standen und ich zuerst der dicken Dame da mit dem goldenen Schlüssel um den Hals die Hand schüttelte, die allem Anschein nach die Bürgermeisterin war, dann der schönen Alten mit dem blonden Haar die Hand küsste und mich der dritten zuwandte, die lange rote Haare hatte, fiel mir das kleine Muttermal unter dem rechten Auge auf, das mir doch sehr bekannt vorkam. Nice to see you again, sagte sie und lächelte. The pleasure is mine, sagte ich. So weit waren wir also gekommen. Und ich dachte daran, dass man nicht nur beim Schreiben jeden Satz zwei Mal schreibt, sondern auch im Leben. Und beim dritten Mal würde es vielleicht für einen Kaffee reichen. Aber so weit waren wir noch nicht.

Im Bus

Der Bus lag tot am Strassenrand. Seit zwei Stunden versuchten der Chauffeur und sein Compagnon, dem Motor wieder etwas Leben einzuhauchen. Wir waren irgendwo in der südamerikanischen Pampa zwei Fahrstunden von der kolumbianischen Grenze entfernt. Ich ging hinter das Gebüsch und schiffte und dachte an das Gedicht von Brecht und an Beckett, aber Godot kam nicht. Ya mismo, gleich, sagte der Chauffeur zu den Leuten, die ihn fragten, wann es denn weitergehe. Er trug einen Schnauz wie eine Schuhbürste und Latzhosen und wiederholte dieses Ya mismo nun bereits seit über einer Stunde wie den Refrain eines Liebesliedes. Sein Compagnon, der ihn um einen halben Meter überragte, dafür aber nur halb so dick war, stand hinter ihm und schaute ihm interessiert über die Schulter. In der Hand hielt er einen Eimer. Einiges an Röhren und Schläuchen hatten sie dem Bus inzwischen aus dem Magen gerissen, wie zwei Chirurgen standen sie da, und die Operation schien ihnen sichtlich Freude zu bereiten, sie strahlten bei jedem Kabel, das sie aus dem Motor rupften.

Der Bus war in Quito lediglich mit einer Stunde Verspätung losgefahren, was die Fahrgäste aufstellte, die Stimmung war ausgelassen wie auf einer Klassenfahrt. Am Stadtrand beim Kilometer Null, wo ein riesiges Monument wie ein Phallus aufgestellt war und wo der Äquator durchging, gab es eine erste Pause, der Chauffeur brauchte ein Bier, etwas Stärkung mit auf den Weg, und auch sein Hilfsscheriff bekam eine Cerveza. Sie sassen an der Bar wie Don Quijote und Sancho Panza, als hätten sie uns längst vergessen. Der Chef strich sich nach jedem Schluck mit dem Ärmel den Schaum vom Schnauz, und ich hatte so den Verdacht, dass er lieber bei der Kellnerin der Bar „Mitad del Mundo" geblieben wäre, anstatt seinen alten Wagen hoch nach Kolumbien zu fahren. Das Wetter hatte bereits mehrmals umgeschlagen, inzwischen schien wieder die Sonne, und sichtlich aufgedreht stiegen sie dann doch ein und fuhren mit viel Brimborium los. Der Chauffeur hupte im Vorbeifahren und winkte der Kellnerin zu. Wir würden wohl erst gegen Abend ankommen, anstatt wie vorgesehen am Nachmittag, sollten am Weg nicht noch mehr dieser Bars liegen. Auf dem Bildschirm im Bus prügelte sich Chuck Norris und schlug wieder mal alles kurz und klein. Unterdessen waren wir mit gut zwei Stunden Verspätung unterwegs.

Der Bus donnerte wie eine Kanonenkugel durch die menschenverlassene Hochebene, der Chauffeur bückte sich beim Fahren nach vorne, dass er mit seinem Schnauz die Windschutzscheibe hätte putzen können, während sein Compadre die ganze Fahrt über stand und sich an der Stange festhielt, als der Motor plötzlich zu stottern und husten begann wie ein alter Raucher. Hostia, sagte der Dicke am Steuer, stellte rechts aus und liess den Bastard krepieren. Aus dem Motor rauchte und dampfte es wie im Film von Chuck Norris. Ohlala, sagte der Dicke und kratzte sich am Hinterkopf, das sah offensichtlich nicht gut aus. Und nachdem wir zwei Stunden da gestanden waren, während sie dem Bus am offenen Magen hantierten, stand der Chauffeur wie ein Priester bei der letzten Segnung vor die Gästeschar hin und bedankte sich für die schöne Fahrt und für das Vertrauen, aber die Fahrt ende nun mal hier. Bravo, hatte ich mir gedacht, und nachdem sein Adjutant den Fahrgästen die Hälfte vom Fahrgeld zurückgegeben hatte, was genau zwei Dollar vierzig Cents entsprach, packte ich halt meinen alten Koffer und ging zu Fuss weiter. Die Sonne war inzwischen untergegangen, und wenn ich etwas zügig ging, würde ich vielleicht zum Frühstück in Kolumbien sein.

An Silvester

In der Silvesternacht sass ich an der Bar in einer riesigen alten Fabrikhalle und schaute über die Köpfe der vielen Menschen hinweg wie Antonius übers Meer. Die Lichter der Leuchtmaschinen zogen über die Köpfe wie die Lichter der Leuchttürme, die Musik bebte durch die Halle, die Leute tanzten sich die Sorgen aus den Knochen, der Bass rüttelte einem am Herz, das bereits etwas schwer geworden war, und ich dachte an den Paul, der Portier im Grand Palace und schwermütig war wie ein Poet, bis er seine Mireille mit den abstehenden Ohren an Silvester im Schaufenster in Amsterdam in roter Unterwäsche hatte tanzen sehen und es um ihn geschehen war. Ich stand auf und war drauf und dran zu gehen, raus in die Nacht, als eine Frau mit einem Pingpongschläger in der Hand vor mich hinstand und mir in die Augen schaute. Sie hatte einen Silberblick, trug weisse Sneakers und ein langes Abendkleid, das glitzerte wie das Meer im Mondlicht. Darf ich bitten, sagte sie und hielt den Schläger hoch. Offensichtlich forderte sie mich zum Tanz am Pingpongtisch auf. Ich war mir nicht sicher, wie ernst ich ihr Angebot zu nehmen hatte. Immerhin war Silvester, bald Mitternacht, und Petrus würde zum grossen Gong ansetzen und das alte Jahr in Scherben schlagen.

Volontiers, sagte ich und folgte ihr durch die Halle auf die andere Seite, wo tatsächlich ein Tisch stand. Ich entschied mich für die Vorhand auf Schwarz, und dass sie es durchaus ernst meinte, sollte mir spätestens nach dem ersten Ball klar werden, den sie präzis in die Ecke setzte. Hm, ich staunte etwas, so zufällig war mir dieser Schlag nicht vorgekommen, eher im Gegenteil, das war ein Gruss aus der Küche gewesen. Sie lächelte und hielt den Kopf schief, sozusagen I know, und ich kam mir vor wie Apollo Creed in „Rocky IV", nachdem er die erste Gerade von Ivan Drago mitten auf die Stirn bekommen hatte und erst in jenem Moment realisierte, was ihm wirklich bevorstand. Mit ihr war nicht zu spassen, soviel stand fest. Beruhigend war lediglich, dass Pingpong nur halb so gefährlich ist wie das Boxen. Dass sie mich gleich in die Ewigkeit wie den guten Apollo verabschieden würde, war also eher unwahrscheinlich. Und sollte ich doch auf der Höhe dieser Nacht das Zeitliche segnen, dann aus Selbstverschulden, durch eine Herzbaracke oder dergleichen.

Bereits nach wenigen Ballwechseln lag ich hoffnungslos im Hintertreffen. Caramba, das hier würde zu einer eindrücklichen Blamage werden mit der schönen Unbekannten, von der ich nicht mal den Namen wusste, mit einem Knockout sollte das alte Jahr nicht enden, aber die Madame jagte mir die Bälle um die Ohren wie Ziegelsteine. Gut setzte sie beim Stand von sechs zu null zuerst einen Ball neben den Tisch und fabrizierte anschliessend einen Doppelfehler, so dass ich etwas Hoffnung schöpfte und auf drei Punkte herankam. Allmählich entwickelte sich ein feiner Match, und jedes Mal, wenn ich meinte, jetzt habe ich sie, zog sie mir wieder wie von Zauberhand davon.

Die Musik rauschte im Hintergrund wie ein Stadion voller Leute, die von den Rängen johlten und sangen, sie blieb unerreicht, ich hinkte ihr das ganze Spiel über tapfer hinterher, und als sie die Vorhand voll durchzog und den ersten Matchball an die Netzkante setzte, der Ball weit hochsprang und sich in der Luft drehte wie in Zeitlupe und genau über der Netzkante in der Luft zum Stillstand kam, schlug es Mitternacht, die Menschen jubelten, als falle all die Last von ihnen ab, und ich dachte an den Boxer, der sich beherzt den ganzen Kampf lang auf den Beinen hält, sich tapfer schlägt, bis er schliesslich den finalen Haken einfährt und sich nach hinten fallen lassen darf.

Auf der Strasse

Der Polizist auf der Autobahn winkte mir bereits von Weitem zu, als seien wir entfernte Cousins. Nicht schon wieder, dachte ich und atmete tief durch, in letzter Zeit wurde ich andauernd von der Autobahn geholt, und ich fragte mich allmählich, ob etwas mit meiner Frisur nicht stimmte. Vielleicht sollte ich mir einen neuen Coiffeur zutun. Und noch jedes Mal hatte ich die ganze Kontrollprozedur durchlaufen dürfen, das volle Programm. Ich fuhr langsamer, stellte den Blinker und fuhr auf den Kontrollplatz und hielt das Auto an. Vor dem Kontrollplatz stand eine Polizistin mit blonden Haaren und einem Leuchtstab in der Hand. Sie kam zu mir auf die Seite, und ich kurbelte das Fenster runter. Sie schon wieder, sagte sie und runzelte die Stirn. Es wäre mir auch recht, wenn wir uns nicht so oft sehen würden, dachte ich und setzte ein freundliches Lächeln auf. Sie hatte mich bereits drei Tage zuvor irgendwo im tiefen Mittelland zu später Stunde kontrolliert.

Ich hielt die Hände schön auf dem Steuerrad, um ihr ja keinen Grund zu geben, mich zu erschiessen. Denn wer ohne Aufforderung im Zeugs herumwühlt, könnte ja eine Knarre irgendwo hervorholen wollen, so dass man diesen wohl oder übel umlegen müsste. Aber sie machte nicht den Anschein, als würde sie mich abknallen wollen, im Gegenteil, sie war überaus nett, ja vielleicht etwas gar freundlich für eine Polizistin, fast so, als freute sie sich darüber, dass ich ihr wieder vor die Flinte gelaufen war. Wo kommen Sie denn heute her, fragte sie mich, und fahren Sie wieder nach Biel. Ich antwortete artig, und wie es denn um den Zivilstand stehe, und was ich gerne so in meiner Freizeit mache, und ob ich denn alleine wohne, lauter Fragen, die mir etwas ungewohnt vorkamen, aber ich wollte ihr ja keinen Anlass geben, ich würde mich in irgendeiner Weise querlegen. Die Papiere schienen sie nicht zu interessieren, stattdessen wurden die Fragen immer persönlicher, und ich hatte allmählich fast den Eindruck, sie flirte ein bisschen mit mir. Ich versuchte bei diesem schönen Anblick so unbeteiligt wie halt nur möglich zu bleiben, nicht dass man mich der Flirterei oder versuchten Bestechung hätte überführen können. Wir standen mitten im Frühling. Fehlte nur noch, dass sie sich mit der Zunge über die Lippen fuhr.

Steigen Sie aus, sagte sie. Der Hut stand ihr gut. Sie wollte, dass ich blase. Diesen Wunsch konnte ich ihr schlecht ausschlagen, auch wenn es erst halb zehn Uhr morgens war. Vielleicht würden die neuen Geräte auch den Koffeinstand anzeigen, denn zwei drei Kaffees hatte ich inzwischen intus. Sie packte das Stäbchen aus dem Plastik mit der Behutsamkeit, mit der man einen Pariser aus dem Papier nimmt, um es nicht zu beschädigen, und steckte das Stäbchen in das Gerät. Haben Sie das auch schon mal gemacht, fragte sie und schaute mir in die Augen. Eher selten, sagte ich und gab mir trotzdem alle Mühe. Nochmals bitte, sagte sie, dieses Mal etwas länger, Sie müssen sich schon etwas mehr anstrengen. Auf das Blasen folgte ein ausgedehntes Nachspiel mit Gespräch, und nachdem sie meinen Kofferraum durchsucht hatte, liess sie mich dann doch irgendwann wieder einsteigen. Sie stand vor meinen Wagen hin und hob die Hand, aber nicht so, wie Polizisten das üblicherweise machen, es war mehr ein Winken. Ich winkte zurück, und als ich beim Wegfahren in den Rückspiegel schaute, stand sie immer noch da mitten auf dem Platz mit erhobener Hand und schaute mir nach, sozusagen hope to see you soon.

In der Höhe

Es war Sommer, ich stand gut fünfzig Meter unter dem Berggipfel, und mein Fuss war unter einem Stein eingeklemmt. Ich war auf dem Aufstieg auf der Kante eines grossen Steines gestanden, der lose war und der durch mein Auftreten sich gedreht und mir den Fuss eingeklemmt hatte. Ich hatte Glück gehabt, dass der Stein nicht den Hang hinuntergerollt war und mich ins Jenseits mitgerissen hatte. Anstatt dass ich also vom Stein erschlagen worden war, war ich nur eingeklemmt und würde somit einen sanfteren Tod sterben. Seit einer halben Ewigkeit versuchte ich, den Fuss unter dem Stein rauszubekommen, aber keine Chance, dafür hätte man einen Elefanten gebraucht. Dass es so enden sollte, hatte man sich nicht ausgemalt, aber das Ende kann man sich halt nicht aussuchen. Ich schaute über die Berggipfel, die sich gegen Himmel streckten, imposant, wie sie da standen, und dachte an Maria, denn wegen ihr war ich eigentlich hier.

Ich hatte mir mit ihr einen Liebeskummer gross wie ein Haus eingefangen, und anstatt dass man zu Hause auf dem Sofa herumliegt und einem Kopf und Herz noch schwerer werden, unternimmt man lieber etwas, so dass ich in den Bergen gelandet war, und war von dort aus weitergelaufen wie Forrest Gump, durch den Wald, über Wiesen, an Brunnen und Alphütten mit kauzigen Figuren vorbei, an Kuhherden und an Bergseen, und war irgendwann am Fusse des Berges angekommen. Bis zum Gipfel sah es nach einem Katzensprung aus, so dass ich weiterging, Zeit hatte ich inzwischen ja genug, und mich irgendwann in den Geröll- und Steinhalden vom Berg befand, wo ich eben auf diesen Steinbrocken getreten war, der sich mir wie eine trächtige Kuh auf den Fuss gesetzt hatte.

Da stand ich also, einen Steinwurf von der Bergspitze entfernt. Petrus, dieser Esel, hatte mir einen Stein auf den Fuss gekippt. Was diese ganze Übung genau sein sollte, war mir nicht klar, aber das grenzte schon fast an Sadismus. Und rundherum diese mächtige Bergkulisse, der endlose Himmel, die reine

Luft, das war absurdes Theater. Da hatte man die Welt bereist und sollte in einem Hang fünfzig Meter unter einem Gipfel sterben, was für eine glanzlose Angelegenheit. Allmählich zogen Wolken auf, und ich dachte an Jacques Tati, der Preisboxer war, bevor er Regisseur wurde, und der sagte, entscheidend für die Komik sei die Beinarbeit. Komik entstehe in den Füssen. Das Handy hatte ich im Tal gelassen, bei Liebeskummer lässt man den Knochen lieber ausser Reichweite, das bereute ich in diesem Moment, anstatt wollte ich ihr ein Gedicht ins Gipfelbuch schreiben. Aber sogar das blieb mir vergönnt, und die Feen, die einem noch drei Wünsche vor dem Ende eröffnen, für die letzten Dinge, gab es vermutlich auch nicht, das war nur Fama.

Ich war für immer verloren, als ich hinter mir eine Stimme hörte, was soll das denn werden, wenn es fertig ist, hörte ich sie sagen. Ich schaute über die Schulter nach hinten, da stand eine Frau, und ich meinte bereits, das seien die Engel im Himmel, die mir gut zuredeten auf der Zielgeraden. Ähm, sagte ich, ich habe mir den Lappen eingeklemmt, und zeigte auf den Fuss, wenn Sie also so nett wären, mit anzupacken, wäre ich Ihnen dankbar. Hm, sagte sie und kam näher. Sie sah zwar nicht aus, als habe sie ihr Leben lang Zementsäcke geschleppt, eher im Gegenteil, aber irgendwie bekamen wir nach einer Weile den Koloss doch noch vom Fuss, Gott sei Dank, ich atmete tief durch. Das Gipfelbuch war mir inzwischen so lang wie breit, und von Maria schien ich auch kuriert worden zu sein, ich hatte meine Sünden ausgestanden, so fühlte es sich an. Ab nun an würde es aufwärtsgehen, dachte ich mir, und ging ihr nach den Berg hinunter.

In London

Ich war in London, die U-Bahn streikte, die Taxifahrer streikten, die Busse fuhren nicht, und ich würde mit ziemlicher Sicherheit meinen Flug verpassen. Kannst ja da bleiben, sagte sie, mich heiraten, wir ziehen aufs Land, kaufen ein Haus und einen Hund, werden gemeinsam alt und sterben. So war das eigentlich nicht gedacht, ich war mehr auf dem Absprung. Maybe next time, sagte ich und dachte daran, wie man doch immer wieder in so Situationen geriet, wo man doch stets darum bemüht war, das Leben so einfach wie möglich zu halten. Joanne, die aus Oklahoma oder Alabama war, aber in London lebte, hatte ich in Amsterdam getroffen, und dann in Göteborg wiedergetroffen, wo sie mich – nachdem wir uns nochmals in Milano gesehen hatten – nach London eingeladen hatte, wo wir nun an einer Ampel im Regen standen und ich lieber nach Hause fliegen wollte, als in England aufs Land irgendwo bei Yorkshire oder Kendal zu ziehen.

Anstatt zurück ins Bett stiegen wir in einen Electrocar, den man wie ein Fahrrad auch mit der Kreditkarte an der Säule lösen konnte. Wir verfuhren uns mehrmals, während ich auf die Uhr schaute und die Minuten zählte, und als wir endlich die Einfahrt auf die Autobahn erwischten, durften wir bald merken, dass der Batteriestand dieses komischen Autos, das mehr Waschmaschine war als Wagen, nur noch auf halber Höhe war. Gemäss den Berechnungen hätten wir es eigentlich auf zwei Minuten genau schaffen müssen, doch die Batterie zeigte bereits nach wenigen Fahrkilometern nur noch die Hälfte an, wie bei diesen alten Handys, die bereits bei 20 Prozent Batteriestand abschalten. Ein Ford Taunus wäre mir lieber gewesen. So kam es, wie es kommen musste, wir landeten ziemlich bald auf dem Pannenstreifen irgendwo zwischen Zentrum und Flughafen. Der Flug war in weite Ferne gerückt, ob ich es je wieder zurück in die vertraute Stube aufs Sofa schaffen würde, war unwahrscheinlicher denn je.

Hm, wir stiegen aus und stiessen das Auto auf die Seite. Wieder eine Panne, dachte ich mir, an den Pannen merkt man, dass man älter wird. Und da der öffentliche Verkehr streikte, blieb uns auch nichts anderes übrig, als diese Plastikschachtel am Strassenrand stehen zu lassen und zu Fuss weiterzugehen. An diesem Sonntag würde uns niemand abschleppen. Der Himmel war schön, die Wolken hingen schwer über dem Land, und ich dachte an den Karl, der Luftballonfahrer war und seine Kate mit den roten Haaren im Zug nach Brighton getroffen hatte und mit ihr in die englische Pampa gezogen war und inzwischen sieben Kinder hatte, eines zufriedener als das andere. Das war rural happiness.

Wir rauchten eine Zigarette und landeten irgendwann in einer Pension in einem Vorort von London unweit der Autobahn, also fast schon auf dem Land. Der Kellner, ein charmanter Engländer mit dem Selbstbewusstsein eines Elefanten, tischte uns ein Essen vom Feinsten auf, und nach zwei Flaschen walisischen Weins landeten wir im Bett und schauten zum Fenster raus in den Regen. Sonntage bei Regen sind eine schöne Sache, solche Tage muss man sich manchmal gönnen. Immer braucht die Welt uns nicht, da hatte sie recht. Und alles Weitere würde sich ergeben, oder wie die Tante Clara immer sagte, am Ende fügt sich alles.

Auf dem Parkplatz

Es war bewölkt, ich war auf dem Parkplatz vor einem Supermarkt, das Auto war verschlossen und der Schlüssel lag auf dem Beifahrersitz. Die Tante Oona hätte mich an den Ohren genommen, aber die war längstens tot. Ich zündete mir eine Zigarette an und schaute zum Himmel, vielleicht würde sie mir ja ein Gewitter schicken. Beim Infostand im Laden erzählte ich meine Sorgen, die Frau hinter dem Desk schaute mich schief an, als sei ich auf den Kopf gefallen. Sie wäre als Bond-Girl durchgegangen, es hätte mich nicht erstaunt, wenn sie eine Knarre im Strumpf gehabt hätte. Sie begleitete mich zum Parkplatz, zog einen Schraubenzieher und ein Stück Draht aus der Handtasche, klemmte den Schraubenzieher in den Spalt der Fahrertüre, führte den Draht, der unten zu einer Öse verbogen war, in den Spalt und hob den Türverriegler hoch. Sie machte das, als würde sie das nicht zum ersten Mal machen. MacGyver hätte es nicht besser hinbekommen.

Vielleicht war sie ein Naturtalent, es gibt Menschen, die können Sachen, ohne dass sie sich je dafür angestrengt haben, dachte ich mir, während sie ihr Werkzeug wieder versorgte und eine Zigarette aus der Handtasche nahm. Was sie sonst noch für Utensilien in der Handtasche hatte, wollte man nicht wissen. Handtaschen sind für Männer ein unergründliches Geheimnis, das ist eine Parallelwelt. Ich streckte ihr das brennende Zündhölzchen hin und dachte an den Mann, den ich im Bus getroffen hatte und der ein ewiges Gedächtnis hatte und sich an jedes Detail in seinem Leben erinnern konnte, was aber eher Fluch als Segen sein mochte, oder die Barbara aus Prag, eine zierliche Frau mit schönen langen Haaren und einem Blick wie eine Gewehrkugel, die zwanzig Bier trinken konnte, ohne betrunken zu werden, und die noch jeden Truckfahrer unter den Tisch getrunken hatte. Oder der Sepp, der sich beim Velofahren kräftig den Kopf angeschlagen hatte und danach plötzlich perfekt Geige spielen konnte, obwohl er nie zuvor eine Geige in den Händen gehalten hatte, was ihn selber wohl am meisten erstaunte. Oder der Paul, der eine Nase hatte wie ein Spürhund. Solche Sachen gab es ja wirklich.

Andere wiederum hatten gar kein Talent, auch das gab es. Gerecht wird das halt nicht verteilt. Inzwischen regnete es. Wir gingen zurück in den Supermarkt, und ich fragte mich, was eine Frau mit solchen Talenten im Supermarkt genau machte. Vielleicht war sie ja eine Detektivin. Was auch für diese Vermutung sprach, war, dass sie bis anhin nicht viel gesagt hatte, Detektivinnen sagen für gewöhnlich nicht viel, ausser in den Filmen, weil die Regisseure das so wollen. Wir gingen durch die Drehtüre, ich bedankte mich in aller Form für ihren Dienst, was sie mit einem Lächeln quittierte. Was sie nach Feierabend machte, wollte man nicht wissen. Das blieb besser im Dunkeln. Als ich aus dem Supermarkt ging, kamen mir zwei Polizisten entgegen, und ich dachte an den Gentleman Gauner, der während fünfzig Jahren über tausend Einbrüche begangen hatte und auf teure Hotels in den Bergen spezialisiert war. Gefasst hatte man ihn in Chur in der Migros, als er am Einkaufen war.

Aus irgendeiner Zufälligkeit, wie das Leben halt so spielt, sollte mir das Missgeschick mit dem eingesperrten Autoschlüssel ein zweites

Mal passieren. Dieses Mal stand eine dicke Alte mit einer eindrücklichen Brille hinter dem Infostand und bot mir an, die Seitenscheibe mit dem Ellbogen einzuschlagen, und ich glaubte ihr aufs Wort, dass sie das mit der gleichen Nonchalance hinbekommen würde wie der Beisser in den Bond-Filmen.

Hinter dem Hotel

Hm, dachte ich und schaute rauf, wie sie die Fassade vom Hotel hochkletterte. Beweglich war sie ja, das musste man ihr lassen, mit dieser Nummer hätte sie zum Zirkus können. Und falls sie trotzdem runterfiele, würde ich sie auffangen müssen wie Tarzan seine Jane. Inzwischen hatte sie den ersten Stock erreicht, stand auf das Geländer vom Balkon und streckte sich nach dem Balkon vom zweiten Stock. Eigentlich wollte ich nach einem fröhlichen Abend einfach zurück zum Hotel und ins Bett, aber als ich vor dem Hotel stand, war die Türe verschlossen. Ich war ausgesperrt, was mir lieber war, als eingesperrt zu sein, wie der Eduard, der irgendwo im tiefen Russland in einem Hochhaus alleine im Lift stecken geblieben war, und als jemand nach Stunden doch noch auf sein Klingeln der Alarmglocke reagierte, nachdem er sich bereits für immer verloren glaubte, sprach die Dame am anderen Ende der Leitung nur Russisch, was sich zwar schön anhörte, er aber nicht verstand.

Entweder war der Portier am Schlafen, betrunken oder hatte bereits sein Hörgerät abgeschaltet, um in der Nacht Batterien zu sparen. Da kommt niemand, sagte sie, der König ist tot. Ich drehte mich um, vor mir stand eine Frau, sie war elegant gekleidet und schielte. Da hätte man eine Augenklappe drauf tun können. Das ist ein Glasauge, sagte sie. Ach so, sagte ich, und da sie gerade die Flasche dabei hatte, tranken wir etwas Sekt, spazierten über die schöne Hotelanlage und landeten hinter dem Hotel, wo die Balkone wie Briefkästen an der Fassade angemacht waren. Da ist eine Balkontüre im zweiten Stock offen, ich klettere hoch, sagte sie, zog die hohen Schuhe aus, drückte sie mir in die Hand – ein italienisches Modell, schöner Schnitt – und war bereits in der Nordwand, noch bevor ich irgendwelche Bedenken anbringen konnte. Die Welt gehört den Entscheidungsfreudigen. Inzwischen hing sie am zweiten Balkon, das war ein Cliffhanger. In einer Fernsehserie hätte man genau in diesem Augenblick den Cut angesetzt, die Serien hören immer dann auf, wenn es spannend ist, und die Fortsetzung folgt am nächsten Tag.

Ihr schwarzes Kleid glitzerte wie der Himmel in der Nacht, und ich dachte an den Anselmo, der in Padua am Balkon der Matilda hochkletterte, mit den Blumen für den Antrag in der Hosentasche, ausrutschte und runterfiel und im Spital auf die Veronica traf, die zwar nicht so hübsch war wie die Matilda, aber grad so nett. So geht das manchmal, das Leben ist eine Begegnung. In diesem kleinen Ort in den österreichischen Bergen gingen die Leute scheinbar mit den Hühnern schlafen. Nur zu hoffen, dass der Dorfpolizist uns nicht auf seinem nächtlichen Spaziergang antreffen und sie vom Himmel schiessen würde wie einen Vogel. Der Herbst war mild, ich schaute hoch und fieberte mit wie ein Basketballtrainer an der Seitenlinie. Sie schwang sich über die Brüstung vom zweiten Balkon, schaute runter und winkte, als stünde sie an der Reling eines grossen Schiffes kurz vor dem Ablegen, während ihr der Wind durch die Haare strich, und verschwand zur Balkontüre rein. Dann war es still. Alles Warten brachte nichts, sie tauchte nicht mehr auf. Erst ein paar Jahre später, als mir ein österreichischer Schlagersänger zu später Stunde in einer Bar in Southhampton erzählte, ihm sei mal eine Frau mit einem Glasauge in der Nacht zum Hotel eingestiegen, kam mir diese Geschichte doch verdammt bekannt vor. Aber es war nicht so, dass er etwas Licht ins Dunkle jener Nacht gebracht hätte, dafür war er bereits zu betrunken.

Im Café

Ich sass in München in einem Café und las einen Artikel über das Begattungsverhalten der Schimpansen, es war bereits spät, in der Ecke sass der Pianist, der aussah wie Chilly Gonzales und sein Klavier ritt wie ein altes Ross. Neben mir sass ein Mann in meinem Alter, er hatte eine Föhnfrisur und schien etwas aufgeregt. Der Grund für seine Aufregung stand kurz darauf auf der Türschwelle. Sie hatte sich schick gemacht, trug die blonden Haare offen und enge Lederhosen, die noch vielen anderen gefallen hätten. Sie kam zu ihm an den Tisch, er stand auf und strich sich mit den Händen über die Hosen, ich würde wohl oder übel Zeuge dieses ersten Treffens werden. Augenscheinlich hatten die zwei sich noch nie getroffen, das war ein richtiges Rendezvous, und ich dachte an das Lied von Stephan Eicher und an das Café mit dem Namen Rendezvous in Biel, das inzwischen etwas verstaubt ist. Dort gingen die Leute früher hin, um Bekanntschaften fürs Leben zu machen, und wo Bleistifte und Notizzettel auf den Tischen lagen, die die Kellnerin en passant umplatzierte. Das war die Vorform der Kurznachricht auf dem Handy, nur etwas charmanter.

Es war Herbst, an der Wand hing ein Hirschgeweih, und in Graubünden hätte man in den Wäldern die Hirsche gehört, wie sie die Geweihe an den Bäumen abschlugen. Die zwei am Nebentisch hatten sich inzwischen gesetzt, nachdem sie sich die Hand und ein paar Küsse auf die Wange gegeben hatten, wie bei Rudi Carrell in der Sendung „Herzblatt“, nachdem die Wand aufgegangen war. Sie sassen da und schauten einander an, als stünde ihnen ein Helikopterflug bevor. Aber der Film im Kopf ist immer grösser, und nachdem er anfangs noch etwas befangen war, kam er allmählich in Fahrt, sein Lebensentwurf hing ihm aus dem Mund wie einem Hund die Zunge. Offensichtlich hatte er einen Masterplan. Im Café war es hellhörig wie in einer Kapelle, sie war noch nicht zu Wort gekommen, und der Pianist in der Ecke zog einen Teppich unter seinen Monolog, das war filmisch. Vielleicht hätten sie doch in den Zoo sollen, wo laut Statistik die meisten Rendezvous abgehalten werden. Sie rutschte auf dem Stuhl hin und her und schaute ein erstes Mal auf das Handy.

Draussen vor dem Fenster fielen die Blätter von den Bäumen, der Regen setzte ein, wer jetzt alleine war, würde es lange bleiben. Am Nebentisch nahm die Tragödie ihren Lauf, und ich dachte an Jun, ein Koreaner aus Neuseeland, der an der Wall Street als Broker gearbeitet hatte und bei seinem Bewerbungsgespräch für die Stelle an der Börse auf einen Haufen alter Männer in Bademäntel traf, die Zigarren rauchten und ihm konsequent unter die Gürtellinie zielten, um sein Nervenkostüm zu testen. Der Mann mit der Föhnfrisur trampelte wie ein Radfahrer den Berg hinauf, inzwischen hatte er angefangen, von seinen alten Liebschaften zu erzählen und schoss einen Bock nach dem anderen ab. Junge, du redest sie zu Tode, dachte ich, innerhalb von zwanzig Minuten hatte er sie platt geritten, das war rekordverdächtig, und als sie aufstand und auf die Toilette ging, war man drauf und dran, etwas Zivilcourage aufzubringen und ihn am Zaum zu nehmen, während es draussen donnerte und Gonzales sein Klavier einfeuerte wie eine alte

Lokomotive, der hatte sensationelle Hände. Sie tauchte nicht mehr auf, und ich dachte an den Diego, der auch keine glückliche Hand bei den Frauen hatte, dafür aber Astronaut wurde, was ja auch schön war.

In der Hitze

Als ich das Auto in Avignon auf dem Parkplatz abstellte, knallte es unter der Haube. Hm, dachte ich, stieg aus und öffnete die Haube. Den rechten Scheinwerfer hatte es vom Druck rausgejagt, und der Motor rauchte wie ein russischer Traktor. In der Hand hatte ich eine Wasserflasche, für alle Fälle. Manchmal hat man Glück, ich hatte mehrere hundert Kilometer zurückgelegt, der Esel hätte mir auch unterwegs ausschlagen können, aber es knallte erst, als ich das Auto parkiert hatte und den Zündschlüssel drehte. Das machte die Sache etwas einfacher, aber ich zweifelte daran, mit diesem Karren je wieder nach Hause fahren zu können, der Clepper war tot.

Dabei wollte man einfach ein paar gemütliche Tage in aller Ruhe in Südfrankreich verbringen. Da kochte einem das Blut sogleich höher, ich zündete mir eine Zigarette an und dachte an den Onkel Josef, ein Sanguiniker, der bei Überdruck in den Schuppen zum Holzhacken verschwand, wo es für eine halbe Stunde knallte und krachte, als kämpfte er dort drinnen mit Dämonen, und kam geläutert und mit tiefem Frieden in der Seele wieder raus. So ersparte er sich die Horde an Psychiatern und die Medikamente, die sich manch ein Bankier wie ein Hobby leistete. Aber da war weit und breit kein Holz zum Hacken, das wäre heilsam gewesen, wie beim Ultimo Matto, dem letzten Verrückten aus dem Tal, der nicht ganz hundert war und gerne am Dorfrand nackt Holz hackte, bis er beim Holzhacken ein Holzscheit an den Kopf bekam und wieder normal war.

Die Sonne brannte, und am Rand vom Parkplatz stand ein alter Mann mit weissen Haaren und einem weissen Bart vor einer grossen Holzskulptur, er trug ein Stirnband, und in der Hand hielt er eine Kettensäge, die wie ein verletztes Tier brüllte, und sägte an der Skulptur, als sei er irgendwo im tiefen Wald. Er sah aus wie Jimi Hendrix mit Kettensäge. Ein Spaziergang durch den Wald wäre auch gut für das Gemüt, ma bene, da war nicht viel zu machen, der Karren war futsch, da konnte man sich aufregen, wie man wollte, und ich dachte an den Giuseppe im Altersheim, ein Sizilianer mit Augenklappe, der ein friedvolles Leben geführt hatte und nie ausfällig geworden wäre, bis er ins Altersheim kam und dort plötzlich anfing, die anderen Bewohner zu schlagen und mit Schiroppo Schiroppo zu beschimpfen, auch auf das Personal ging er los, drohte den Angestellten mit der zusammengerollten Zeitung und schimpfte Schiroppo Schiroppo. Die Ärzteschar war ratlos, offensichtlich ging dem guten Mann allmählich der Verstand ab, bis man dahinter kam, dass er mit Schiroppo seinen Sirup meinte, den er über alles liebte und den er ab dann auch täglich bekam und so seinen Frieden wieder fand.

Der Motor kühlte allmählich ab, der Rauch stieg in den Himmel, und ich beugte mich über den Motor wie über einen Kochherd und dachte an meine Grossmutter, die seit ihrer Augenoperation beim Kochen immer eine Skibrille trug, wegen dem Dampf, und die mich am Nacken packte, wenn ich mich aufregte. Jimi Hendrix machte eine Pause. Parkieren Sie immer so spektakulär, fragte eine Stimme hinter mir. Ich drehte mich um, hinter mir stand eine Frau, sie trug eine Sonnenbrille wie

Liz Taylor im Film „Giganten“, die schwarzen Haare hingen ihr über die Schulter, und ich dachte an den Onkel Josef, der sich den Film fünfzigmal angeschaut und seinen Porsche in einen Baum gefahren hatte. Hm, sagte ich und lächelte. Sie lächelte zurück.

Im Casino

Am Ende gibt es meistens Streit, dachte ich und schaute dem Paar zu, das sich am Tisch in der Bar in die Emotion hochschraubte wie ein Innenverteidiger zum Kopfball, da war Eifersucht im Spiel, wie die Wortfetzen verrieten, die durch die Bar geworfen wurden wie Feuersteine bei einer Hochzeit, offensichtlich war es ihnen gleich, dass alle ihren Streit mitbekamen, wie es auch Sally von „Harry und Sally" gleich war, am Tisch im Café einen Orgasmus vorzuspielen. Ich sass in Macau im Casino an der Bar und trank einen Cognac. Sie trug ein Cocktailkleid und er einen Smoking und einen Schnurrbart wie Tom Selleck und hob die Hände wie ein Verteidiger, der die rote Karte fürchtet, zum Schiedsrichter nach einem groben Foul. Der Kellner hinter der Bar schaute zu ihnen rüber und sah mit seinem weissen Hemd und der schwarzen Fliege aus wie ein Ringrichter in einem Boxkampf in Las Vegas. Hier war Showtime.

Ich war mir nicht sicher, ob man das alles mitbekommen wollte, aber offensichtlich ging es um eine andere Frau, der Mann mit dem schönen Schnauz hatte da noch ein Gschichtli am Laufen, das wurde ihm jedenfalls vorgehalten, eine klassische Dreieck-Situation, also nichts Ungewöhnliches. Der Onkel Josef mit dem Porsche sagte immer, Holzhacken helfe auch gegen Eifersucht. Sie kam etwas mehr in Fahrt, das wollte sie sich nicht gefallen lassen, und nachdem sie sich anfänglich noch beherrscht hatten, bewegten sie sich allmählich auf den Kontrollverlust zu. Interessant wird es ja erst, wenn man die Kontrolle abgibt, das ist wie bei einem Skirennen auch, schnell ist man dann, wenn die Ski flattern und man riskiert, dass es einen in der Kurve über die Netze jagt. Ich zündete mir eine Zigarette an und dachte an die Marina aus Venezia, die mit dem Gustavo, der in den lauen Nächten gerne durch die Gärten zog, zusammen war und ein Temperament wie ein Waldbrand hatte, wenn sie Fahrt aufnahm, musste danach der Besenwagen durchfahren. Der Kellner stellte mir einen neuen Cognac hin, der geht aufs Haus, sagte er und nickte, bemüht, die Lage im Lot zu halten. Da sagt man nicht nein.

Der Pianist in der Ecke spielte eine Ballade, was sich jedoch nicht beruhigend auf die Conversation auswirkte, im Gegenteil, und ich dachte an den Nachmittag in Esmeraldas irgendwo an der südamerikanischen Küste, als ich auf der Mauer an einer Strasse sass und sich etwas weiter vorne eine Traube bildete, sechs Frauen und ein Mann mit einem Schirm, alle um die Mitte fünfzig, die zuerst noch miteinander diskutierten, sich dann beschimpften und schliesslich handgreiflich wurden, so dass das Ganze an jenem sonnigen Nachmittag in eine wilde Prügelei mitten auf der Strasse kulminierte, und mittendrin der Mann mit dem Schirm, der nach Kräften mal für diese, mal für die andere Partei den Schirm den Damen über die Rücken zog, während im Hintergrund das Meer in der Sonne glitzerte und ein paar Möwen am Himmel zu sehen waren.

Die Frau am Tisch hatte dem Mann inzwischen ihren Drink über den Kopf geleert und eine geknallt, man wollte nicht wissen, was er alles verbrochen hatte, aber einfach so bekommt man nicht eine geschmiert von so einer eleganten Frau, und irgendwie hatte man das Gefühl, dass diese Lovestory, die sicherlich in aller Romantik irgendwo am Meer mit der Skyline im Rücken und einigen Versprechen begonnen hatte, hier im Casino von Macau enden sollte, als sei die Liebe ein Spiel, oder, wie es am Roulette-Tisch hiess, les jeux sont faits.

das Spiel ist aus

Arno Camenisch, Die Launen des Tages

Dieses Buch erschien zuerst im August 2016,
die zweite Auflage im Oktober 2016.
Einige der Geschichten sind zuvor in der
Zeitschrift Bolero erschienen. Lektorat
Urs Engeler, Korrektorat Michèle Zoller,
Umschlaggestaltung Marcel Schmid, Druck
und Bindung Těšínská Tiskarná in Teschen,
Tschechien.

ISBN 978-3-906050-19-5

http://www.engeler-verlag.com